ホラホラ、これが僕の骨

中原中也ベスト詩集

ロゼッタストーン

中原中也

1907 ～ 1937

装幀　佐藤好彦

目次

第一章　生ひ立ちの歌　9
生ひ立ちの歌　10
少年時　14
僕が知る　16
寒い夜の自我像　18
早春散歩　20
夏　22
秋日狂亂　24
冬の夜　28
詩人は辛い　32
冷たい夜　34

酒場にて 36
頑是ない歌 38
わが半生 42
骨 44

第二章　汚れつちまつた悲しみに……

第二章　汚れつちまつた悲しみに…… 47
汚れつちまつた悲しみに…… 48
月夜の濱邊 50
サーカス 52
朝の歌 56
思ひ出 58
曇天 64
春宵感懷 66
六月の雨 68

殘暑　70
お道化うた　72
夕照　76
失せし希望　78
歸鄕　80

第三章　春日狂想　83

春日狂想　84
吾子《あこ》よ吾子《あこ》　92
夏の夜の博覽會はかなしからずや　94
臨終　98
死別の翌日　100
冬の日の記憶　102
また來ん春……　104

時こそ今は……　106
みちこ　108
無題　110
湖上　118
妹よ　120
別離　122
昏睡　130
盲目の秋　132

第四章　一つのメルヘン　139

一つのメルヘン　140
宿酔　142
北の海　144
正午　146

春の日の夕暮　148
幻影　150
春と赤ン坊　152
夏の日の歌　154
心象　156
桑名の驛　160
村の時計　162
冬の長門峽　164
言葉なき歌　166
除夜の鐘　168
四行詩　170
あとがき　172

第一章

生ひ立ちの歌

自分を見つめて

生ひ立ちの歌

I

幼年時

私の上に降る雪は
眞綿のやうでありました

少年時

私の上に降る雪は
霙のやうでありました

十七——十九

私の上に降る雪は
霰のやうに散りました

二十——二十二

私の上に降る雪は
雹であるかと思はれた

二十三

私の上に降る雪は
ひどい吹雪とみえました

二十四

私の上に降る雪は
いとしめやかになりました……

II

私の上に降る雪は
花びらのやうに降つてきます
薪の燃える音もして
凍るみ空の黝む頃

私の上に降る雪は
いとなよびかになつかしく
手を差伸べて降りました

私の上に降る雪は
熱い額に落ちもくる
涙のやうでありました

私の上に降る雪に
いとねんごろに感謝して、神様に
長生したいと祈りました
私の上に降る雪は
いと貞潔でありました

『山羊の歌』より

少年時

黝い《あをぐろい》※石に夏の日が照りつけ、
庭の地面が、朱色に睡つてゐた。

地平の果に蒸氣が立つて、
世の亡ぶ、兆《きざし》のやうだつた。

麦田には風が低く打ち、
おぼろで、灰色だつた。

翔びゆく雲の落とす影のやうに、
田の面《も》を過ぎる、昔の巨人の姿——

夏の日の午《ひる》過ぎ時刻
誰彼の午睡《ひるね》するとき、
私は野原を走つて行つた……

私は希望を唇に嚙みつぶして
私はギロギロする目で諦めてゐた……
噫、生きてゐた、私は生きてゐた！

『山羊の歌』より
※初版本原文ママ

僕が知る

僕には僕の狂氣がある
僕の狂氣は蒼ざめて硬くなる
かの馬の靜脈などを想はせる

僕にも僕の狂氣がある
それは張子《はりこ》のやうに硬いがまた
張子のやうに破けはしない

それは不死身の弾力に充ち
それはひよつとしたなら乾蚫《ほしあはび》であるかも知れない
それを小刀で削つて薄つぺらにして
さて口に入れたつて唾液に反撥するかも知れない

唾液には混《まざ》らぬものを
恰かも唾液に混るやうな格構をして
ぐつと嚥み込まなければならないのかも知れない
ぐつと嚥み込んで、扨それがどんな不協和音を奏でるかは、僕が知る

（一九三五・一・九）
未発表詩篇より

寒い夜の自我像

きらびやかでもないけれど
この一本の手綱をはなさず
この陰暗の地域を過ぎる！
その志明らかなれば
冬の夜を我は嘆かず
人々の憔悴のみの愁しみや
憧れに引廻される女等の鼻唄を
わが瑣細なる罰と感じ
そが、わが皮膚を刺すにまかす。

蹌踉めくままに靜もりを保ち、
聊かは儀文めいた心地をもつて
われはわが怠惰を諫める
寒月の下を往きながら。

陽氣で、坦々として、而も己を賣らないことをと、
わが魂の願ふことであつた！

『山羊の歌』より

早春散歩

空は晴れてても、建物には蔭があるよ、
春、早春は心なびかせ、
それがまるで薄絹ででもあるやうに
ハンケチででもあるやうに
我等の心を引千切り
きれぎれにして風に散らせる

私はもう、まるで過去がなかつたかのやうに
少くとも通つてゐる人達の手前さうであるかの如くに感じ、
風の中を吹き過ぎる

異國人のやうな眼眸《まなざし》をして、
確固たるものの如く、
また隙間風にも消え去るものの如く

さうしてこの淋しい心を抱いて、
今年もまた春を迎へるものであることを
ゆるやかにも、茲に春は立返つたのであることを
土の上の日射しをみながらつめたい風に吹かれながら
土手の上を歩きながら、遠くの空を見やりながら
僕は思ふ、思ふことにも慣れきつて僕は思ふ……

未発表詩篇より

夏

血を吐くやうな　倦《もの》うさ、たゆけさ
今日の日も畑に陽は照り、麦に陽は照り
睡るがやうな悲しさに、み空をとほく
血を吐くやうな倦うさ、たゆけさ

空は燃え、畑はつづき
雲浮び、眩しく光り
今日の日も陽は炎ゆる、地は睡る
血を吐くやうなせつなさに。

嵐のやうな心の歴史は
終焉《をは》つてしまつたもののやうに
そこから繰《たぐ》れる一つの緒《いとぐち》もないもののやうに
燃ゆる日の彼方に睡る。

私は殘る、亡骸《なきがら》として――
血を吐くやうなせつなさかなしさ。

『山羊の歌』より

秋日狂亂

僕にはもはや何もないのだ
僕は空手空拳だ
おまけにそれを嘆きもしない
僕はいよいよの無一物だ

それにしても今日は好いお天氣で
さつきから澤山の飛行機が飛んでゐる
——歐羅巴は戰爭を起すのか起さないのか
誰がそんなこと分るものか

今日はほんとに好いお天氣で
空の青も涙にうるんでゐる
ポプラがヒラヒラヒラヒラしてゐて
子供等は先刻昇天した

もはや地上には日向ぼつこをしてゐる
月給取の妻君とデーデー屋さん以外にゐない
デーデー屋さんの叩く鼓の音が
明るい廢墟を唯獨りで讃美し廻つてゐる

あゝ、誰か來て僕を助けて呉れ
ヂオゲネスの頃には小鳥くらゐ啼いたらうが
けふびは雀も啼いてはをらぬ
地上に落ちた物影でさへ、はや余りに淡《あは》い！

——さるにても田舎のお嬢さんは何処に去《い》つたか
その紫の押花《おしばな》はもうにじまないのか
草の上には陽は照らぬのか
昇天の幻想だにもはやないのか？

僕は何を云つてゐるのか
如何なる錯亂に掠められてゐるのか
蝶々はどつちへとんでいつたか
今は春でなくて、秋であつたか

ではあゝ、濃いシロップでも飲まう
冷たくして、太いストローで飲まう
とろとろと、脇見もしないで飲まう
何にも、何にも、求めまい！……

『在りし日の歌』より

冬の夜

みなさん今夜は靜かです
藥鑵の音がしてゐます
僕は女を想つてる
僕には女がないのです

それで苦勞もないのです
えもいはれない彈力の
空氣のやうな空想に
女を描いてみてゐるのです

えもいはれない彈力の
澄み亙つたる夜《よ》の沈默《しじま》
藥鑵の音を聞きながら
女を夢みてゐるのです

かくて夜は更け夜は深まつて
犬のみ覺めたる冬の夜は
影と煙草と僕と犬
えもいはれないカクテールです

2

空氣よりよいものはないのです
それも寒い夜の室內の空氣よりもよいものはないのです
煙よりよいものはないのです

煙より　愉快なものもないのです
やがてはそれがお分りなのです
同感なさる時が　來るのです

空氣よりよいものはないのです
寒い夜の瘦せた年增女《としま》の手のやうな
その手の彈力のやうな　やはらかい　またかたい
かたいやうな　その手の彈力のやうな
煙のやうな　その女の情熱のやうな
炎えるやうな　消えるやうな

冬の夜の室内の　空氣よりよいものはないのです

『在りし日の歌』より

詩人は辛い

私はもう歌など歌はない
誰が歌など歌ふものか

みんな歌など聴いてはゐない
聴いてるやうなふりだけはする

みんなたゞ冷たい心を持つてゐて
歌などどうだつたつてかまはないのだ

それなのに聴いてるやうなふりはする
そして盛んに拍手を送る

拍手を送るからもう一つ歌はうとすると
もう澤山といつた顔

私はもう歌など歌はない
こんな御都合な世の中に歌など歌はない

（一九三五・九・一九）
生前発表詩篇より

冷たい夜

冬の夜に
私の心が悲しんでゐる
悲しんでゐる、わけもなく……
心は錆びて、紫色をしてゐる。

丈夫な扉の向ふに、
古い日は放心してゐる。
丘の上では
棉の實が罅裂《はじ》ける。

此處では薪が燻つてゐる、
その煙は、自分自らを
知つてでもゐるやうにのぼる。

誘はれるでもなく
覓《もと》めるでもなく、
私の心が燻る……

『在りし日の歌』より

酒場にて

今晩あゝして元氣に語り合つてゐる人々も、
實は、元氣ではないのです。

近代《いま》といふ今は尠くも、
あんな具合な元氣さで
ゐられる時代《とき》ではないのです。

諸君は僕を、「ほがらか」でないといふ。
しかし、そんな定規みたいな「ほがらか」なんぞはおやめなさい。

ほがらかとは、恐らくは、
悲しい時には悲しいだけ
悲しんでられることでせう？

されば今晩かなしげに、かうして沈んでゐる僕が、
輝き出でる時もある。

さて、輝き出でるや、諸君は云ひます、
「あれでああなのかねえ、
不思議みたいなもんだねえ」。

が、冗談ぢやない、
僕は僕が輝けるやうに生きてゐた。

（一九三六・一〇・一）
未発表詩篇より

頑是ない歌

思へば遠く來たもんだ
十二の冬のあの夕べ
港の空に鳴り響いた
汽笛の湯氣《ゆげ》は今いづこ

雲の間に月はゐて
それな汽笛を耳にすると
竦然として身をすくめ
月はその時空にゐた

それから何年經つたことか
汽笛の湯氣を茫然と
眼で追ひかなしくなつてゐた
あの頃の俺はいまいづこ

今では女房子供持ち
思へば遠く來たもんだ
此の先まだまだ何時までか
生きてゆくのであらうけど

生きてゆくのであらうけど
遠く經て來た日や夜《よる》の
あんまりこんなにこひしゆては
なんだか自信が持てないよ

さりとて生きてゆく限り
結局我ゝ張る僕の性質《さが》
と思へばなんだか我ながら
いたはしいよなものですよ

考へてみればそれはまあ
結局我ゝ張るのだとして
昔戀しい時もあり　そして
どうにかやつてはゆくのでせう

考へてみれば簡單だ
畢竟意志の問題だ
なんとかやるより仕方もない
やりさへすればよいのだと

思ふけれどもそれもそれ
十二の冬のあの夕べ
港の空に鳴り響いた
汽笛の湯氣や今いづこ

『在りし日の歌』より

わが半生

私は随分苦勞して來た。
それがどうした苦勞であつたか、
語らうなぞとはつゆさへ思はぬ。
またその苦勞が果して價値の
あつたものかなかつたものか、
そんなことなぞ考へてもみぬ。

とにかく私は苦勞して來た。
苦勞して來たことであつた！
そして、今、此處、机の前の、
自分を見出すばつかりだ。
じつと手を出し眺めるほどの
ことしか私は出來ないのだ。

外《そと》では今宵、木の葉がそよぐ。
はるかな氣持の、春の宵だ。
そして私は、靜かに死ぬる、
坐つたまんまで、死んでゆくのだ。

『在りし日の歌』より

骨

ホラホラ、これが僕の骨だ、
生きてゐた時の苦勞にみちた
あのけがらはしい肉を破つて、
しらじらと雨に洗はれ、
ヌックと出た、骨の尖《さき》。

それは光澤もない、
ただいたづらにしらじらと、
雨を吸收する、

風に吹かれる、
幾分空を反映する。

生きてゐた時に、
これが食堂の雜踏の中に、
坐つてゐたこともある、
みつばのおしたしを食つたこともある、
と思へばなんとも可笑しい。

ホラホラ、これが僕の骨——
見てゐるのは僕？　可笑しなことだ。
靈魂はあとに殘つて、
また骨の處にやつて來て、
見てゐるのかしら？

故郷《ふるさと》の小川のへりに、
半ばは枯れた草に立つて、
見てゐるのは、——僕？
恰度立札ほどの高さに、
骨はしらじらととんがつてゐる。

『在りし日の歌』より

第二章

汚れつちまつた悲しみに……

リズムとリフレーン

汚れつちまつた悲しみに……

汚れつちまつた悲しみに
今日も小雪の降りかかる
汚れつちまつた悲しみに
今日も風さへ吹きすぎる

汚れつちまつた悲しみは
たとへば狐の革裘《かはごろも》
汚れつちまつた悲しみは
小雪のかかつてちぢこまる

汚れつちまつた悲しみは
なにのぞむなくねがふなく
汚れつちまつた悲しみは
倦怠《けだい》のうちに死を夢む

汚れつちまつた悲しみに
いたいたしくも怖氣づき
汚れつちまつた悲しみに
なすところもなく日は暮れる……

『山羊の歌』より

月夜の濱邊

月夜の晩に、ボタンが一つ
波打際に、落ちてゐた。

それを拾つて、役立てようと
僕は思つたわけでもないが
なぜだかそれを捨てるに忍びず
僕はそれを、袂に入れた。

月夜の晩に、ボタンが一つ
波打際に、落ちてゐた。

それを拾つて、役立てようと
僕は思つたわけでもないが
　月に向つてそれは抛れず
　浪に向つてそれは抛れず
僕はそれを、袂に入れた。

月夜の晩に、拾つたボタンは
指先に沁《し》み、心に沁みた。

月夜の晩に、拾つたボタンは
どうしてそれが、捨てられようか？

『在りし日の歌』より

サーカス

幾時代かがありまして
　茶色い戰争ありました

幾時代かがありまして
　冬は疾風吹きました

幾時代かがありまして
　今夜此處での一《ひ》と殷盛《さか》り
　　今夜此處での一と殷盛り

サーカス小屋は高い梁
　そこに一つのブランコだ
見えるともないブランコだ

頭倒さに手を垂れて
　汚れ木綿の屋蓋《やね》のもと
ゆあーん　ゆよーん　ゆやゆよん

それの近くの白い灯が
　安値《やす》いリボンと息を吐き

観客様はみな鰯
　咽喉《のんど》が鳴ります牡蠣殻と
ゆあーん　ゆよーん　ゆやゆよん

屋外《やがい》は眞ツ闇《くら》　闇《くら》の闇《くら》
夜は劫々と更けまする
落下傘《らくかがさ》奴《め》のノスタルヂアと
ゆあーん　ゆよーん　ゆやゆよん

『山羊の歌』より

朝の歌

天井に　朱《あか》きいろいで
　戸の隙を　洩れ入る光、
鄙びたる　軍樂の憶ひ
　手にてなす　なにごともなし。

小鳥らの　うたはきこえず
　空は今日　はなだ色らし、
倦んじてし　人のこころを
　諫めする　なにものもなし。

樹脂《じゅし》の香に　朝は悩まし
　うしなひし　さまざまのゆめ、
森竝は　風に鳴るかな

ひろごりて　たひらかの空、
　土手づたひ　きえてゆくかな
うつくしき　さまざまの夢。

『山羊の歌』より

思ひ出

お天氣の日の、海の沖は
なんと、あんなに綺麗なんだ！
お天氣の日の、海の沖は、
まるで、金や、銀ではないか

金や銀の沖の波に、
ひかれひかれて、岬の端に
やつて來たれど金や銀は
なほもとほのき、沖で光つた。

岬の端には煉瓦工場が、
工場の庭には煉瓦干されて、
煉瓦干されて赫々してゐた
しかも工場は、音とてなかつた

煉瓦工場に、腰をば据えて、
私は暫く煙草を吹かした。
煙草吹かしてぼんやりしてると、
沖の方では波が鳴つてた。

沖の方では波が鳴らうと、
私はかまはずぼんやりしてゐた。
ぼんやりしてると頭も胸も
ポカポカポカポカ暖かだつた

ポカポカポカポカ暖かだつたよ
岬の工場は春の陽をうけ、
煉瓦工場は音とてもなく
裏の木立で鳥が啼いてた

鳥が啼いても煉瓦工場は、
ビクともしないでジッとしてゐた
鳥が啼いても煉瓦工場の、
窓の硝子は陽をうけてゐた

窓の硝子は陽をうけてても
ちつとも暖かさうではなかつた
春のはじめのお天氣の日の
岬の端の煉瓦工場よ！

＊

＊

＊

＊

煉瓦工場は、その後廢《すた》れて、
煉瓦工場は、死んでしまつた
煉瓦工場の、窓も硝子も、
今は毀れてゐようといふもの

煉瓦工場は、廢《すた》れて枯れて、
木立の前に、今もぼんやり
木立に鳥は、今も啼くけど
煉瓦工場は、朽ちてゆくだけ

沖の波は、今も鳴るけど
庭の土には、陽が照るけれど
煉瓦工場に、人夫は來ない
煉瓦工場に、僕も行かない

嘗て煙を、吐いてた煙突も、
今はぶきみに、たゞ立つてゐる
雨の降る日は、殊にもぶきみ
晴れた日だとて、相當ぶきみ

相當ぶきみな、煙突でさへ
今ぢやどうさへ、手出しも出來ず
この尨大な、古强者が
時々恨む、その眼は怖い

その眼怖くて、今日も僕は
濱へ出て來て、石に腰掛け
ぼんやり俯き、案じてゐれば
僕の胸さへ、波を打つのだ

『在りし日の歌』より

曇天

ある朝　僕は　空の　中に、
黒い　旗が　はためくを　見た。
はたはた　それは　はためいて　ゐたが、
音は　きこえぬ　高きが　ゆゑに。

手繰り　下ろさうと　僕は　したが、
綱も　なければ　それも　叶はず、
旗は　はたはた　はためく　ばかり、
空の　奥處《をく》に　舞ひ入る　如く。

かゝる　朝《あした》を　少年の　日も、
屢々　見たりと　僕は　憶ふ。
かの時は　そを　野原の　上に、
今はた　都會の　甍の　上に。

かの時　この時　時は　隔つれ、
此處と　彼處と　所は　異れ、
はたはた　はたはた　み空に　ひとり、
いまも　渝らぬ　かの　黒旗よ。

『在りし日の歌』より

春宵感懐

雨が、あがつて、風が吹く。
　雲が、流れる、月かくす。
みなさん、今夜は、春の宵。
　なまあつたかい、風が吹く。

なんだか、深い、溜息が、
　なんだかはるかな、幻想が、
湧くけど、それは、摑めない。
　誰にも、それは、語れない。

誰にも、それは、語れない
ことだけれども、それこそが、
いのちだらうぢやないですか、
けれども、それは、示《あ》かせない……

かくて、人間、ひとりびとり、
こころで感じて、顔見合せれば
につこり笑ふといふほどの
ことして、一生、過ぎるんですねえ

雨が、あがつて、風が吹く。
雲が、流れる、月かくす。
みなさん、今夜は、春の宵。
なまあつたかい、風が吹く。

『在りし日の歌』より

六月の雨

またひとしきり　午前の雨が
菖蒲のいろの　みどりいろ
眼《まなこ》うるめる　面長き女《ひと》
たちあらはれて　消えてゆく

たちあらはれて　消えゆけば
うれひに沈み　しとしとと
畠《はたけ》の上に　落ちてゐる
はてしもしれず　落ちてゐる

お太鼓叩いて　笛吹いて
あどけない子が　日曜日
疊の上で　遊びます

お太鼓叩いて　笛吹いて
遊んでゐれば　雨が降る
櫺子《れんじ》の外に　雨が降る

『在りし日の歌』より

殘暑

疊の上に、寝ころばう、
蠅はブンブン　唸つてる
疊ももはや　黄色くなつたと
今朝がた　誰かが云つてゐたつけ

それやこれやと　とりとめもなく
僕の頭に　記憶は浮かび
浮かぶがまゝに　浮かべてゐるうち
いつしか　僕は眠つてゐたのだ

覺めたのは　夕方ちかく
まだかなかなは　啼いてたけれど
樹々の梢は　陽を受けてたけど、
僕は庭木に　打水やつた

打水が、樹々の下枝《しづえ》の葉の尖《さ》※に
光つてゐるのをいつまでも、僕は見てゐた

『在りし日の歌』より
※初版本原文ママ

お道化うた

月の光のそのことを、
盲目少女《めくらむすめ》に教へたは、
ベートーヴェンか、シューバート？
俺の記憶の錯覺が、
今夜とちれてゐるけれど、
ベトちやんだとは思ふけど、
シュバちやんではなかつたらうか？

霧の降つたる秋の夜に、
庭・石段に腰掛けて、
月の光を浴びながら、

二人、默つてゐたけれど、
やがてピアノの部屋に入り、
泣かんばかりに彈き出した、
あれは、シュバちやんではなかつたらうか?

かすむ街の灯とほに見て、
ウヰンの市《まち》の郊外に、
星も降るよなその夜さ一と夜、
蟲、草叢にすだく頃、
教師の息子の十三番目、
頸の短いあの男、
盲目少女《めくらむすめ》の手をとるやうに、
ピアノの上に勢ひ込んだ、
汗の出さうなその額、
安物くさいその眼鏡、

丸い背中もいぢらしく
吐き出すやうに弾いたのは、
あれは、シュバちやんではなかつたらうか？

シュバちやんかベトちやんか、
そんなこと、いざ知らね、
今宵星降る東京の夜《よる》、
ビールのコップを傾けて、
月の光を見てあれば、
ベトちやんもシュバちやんも、はやとほに死に、
はやとほに死んだことさへ、
誰知らうこともない……

『在りし日の歌』より

夕照

丘々は、胸に手を當て
退けり。
落陽は、慈愛の色の
金のいろ。

原に草、
鄙唄うたひ
山に樹々、
老いてつましき心ばせ。

かゝる折しも我ありぬ
※少兒に踏まれし
貝の肉。

かゝるをりしも剛直の、
さあれゆかしきあきらめよ
腕拱みながら歩み去る。

『山羊の歌』より
※初版本原文ママ

失せし希望

暗き空へと消え行きぬ
　わが若き日を燃えし希望は。

夏の夜の星の如くは今もなほ
　遐きみ空に見え隠る、今もなほ。

暗き空へと消えゆきぬ
　わが若き日の夢は希望は。

今はた此處に打伏して
　獸の如くは、暗き思ひす。

そが暗き思ひいつの日
　晴れんとの知るよしなくて、
溺れたる夜《よる》の海より
　空の月、望むが如し。
その涙はあまりに深く
　その月はあまりに清く、
あはれわが若き日を燃えし希望の
　今ははや暗き空へと消え行きぬ。

『山羊の歌』より

帰郷

柱も庭も乾いてゐる
今日は好い天氣だ
　　椽の下では蜘蛛の巣が
　　心細さうに揺れてゐる

山では枯木も息を吐く
あゝ今日は好い天氣だ
　　路傍《ばた》の草影が
　　あどけない愁みをする

これが私の故里《ふるさと》だ
さやかに風も吹いてゐる
　心置なく泣かれよと
　年増婦《としま》の低い聲もする

あゝ　おまへはなにをして來たのだと……
吹き來る風が私に云ふ

『山羊の歌』より

第三章

春日狂想

愛する者を想って

春日狂想

1

愛するものが死んだ時には、
自殺しなけあなりません。

愛するものが死んだ時には、
それより他に、方法がない。

けれどもそれでも、業(?)が深くて、
なほもながらふことともなつたら、

奉仕の氣持に、なることなんです。
奉仕の氣持に、なることなんです。

愛するものは、死んだのですから、
たしかにそれは、死んだのですから、
もはやどうにも、ならぬのですから、
そのもののために、そのもののために、
奉仕の氣持に、ならなけあならない。
奉仕の氣持に、ならなけあならない。

2

奉仕の氣持になりはなつたが、
さて格別の、ことも出來ない。

そこで以前《せん》より、本なら熟讀。
そこで以前《せん》より、人には丁寧。

テムポ正しき散歩をなして
麥稈眞田《ばくかんさなだ》を敬虔に編み——

まるでこれでは、玩具《おもちや》の兵隊、
まるでこれでは、毎日、日曜。

神社の日向を、ゆるゆる歩み、
知人に遇へば、につこり致し、

飴賣爺々と、仲よしになり、
鳩に豆なぞ、パラパラ撒いて、

まぶしくなつたら、日蔭に這入り、
そこで地面や草木を見直す。

苔はまことに、ひんやりいたし、
いはうやうなき、今日の麗日。

參詣人等もぞろぞろ歩き、
わたしは、なんにも腹が立たない。

《まことに人生、一瞬の夢、
ゴム風船の、美しさかな。》

空に昇つて、光つて、消えて——
やあ、今日は、御機嫌いかが。
久しぶりだね、その後どうです。
そこらの何処かで、お茶でも飲みましよ。

勇んで茶店に這入りはすれど、
ところで話は、とかくないもの。

煙草なんぞを、くさくさ吹かし、
名状しがたい覺悟をなして、——

戸外《そと》はまことに賑かなこと！
——ではまたそのうち、奥さんによろしく、
外國《あっち》に行つたら、たよりを下さい。
あんまりお酒は、飲まんがいいよ。

馬車も通れば、電車も通る。
まことに人生、花嫁御寮。

まぶしく、美《は》しく、はた俯いて、
話をさせたら、でもうんざりか？
それでも心をポーッとさせる、
まことに、人生、花嫁御寮。

3

ではみなさん、
喜び過ぎず悲しみ過ぎず、
テムポ正しく、握手をしませう。

つまり、我等に缺けてるものは、
實直なんぞと、心得まして。

ハイ、ではみなさん、ハイ、御一緒に――
テムポ正しく、握手をしませう。

『在りし日の歌』より

吾子《あこ》よ吾子《あこ》

ゆめに、うつつに、まぼろしに……
見ゆるは　何ぞ、いつもいつも
心に纏ひて離れざるは、
いかなる愛、いかなる夢ぞ、

思ひ出でては懐かしく
心に沁みて懐かしく
磯邊の雨や風や嵐が
にくらしうなる心は何ぞ

雨に、颪に、嵐にあてず
育てばや、めぐしき吾子《あこ》よ、
育てばや、めぐしき吾子よ、
育てばや、あゝいかにせん

思ひ出でては懐かしく、
心に沁みて懐かしく、
吾子わが夢に入るほどは
いつもわが身のいたまるゝ

（一九三五・六・六）
未発表詩篇より

夏の夜の博覧會はかなしからずや

夏の夜の、博覧會は、哀しからずや
雨ちよと降りて、やがてもあがりぬ
夏の夜の、博覧會は、哀しからずや

女房買物をなす間、かなしからずや
象の前に余と坊やとはゐぬ
二人蹲んでゐぬ、かなしからずや、やがて女房きぬ

三人博覧會を出でぬかなしからずや
不忍ノ池の前に立ちぬ、坊や眺めてありぬ

そは坊やの見し、水の中にて最も大なるものなりきかなしからずや、
髪毛風に吹かれつ
見てありぬ、見てありぬ、
それより手を引きて歩きて
廣小路に出でぬ、かなしからずや

廣小路にて玩具を買ひぬ、兎の玩具かなしからずや

2

その日博覽會に入りしばかりの刻は
なほ明るく、晝の明《あかり》ありぬ、

われら三人《みたり》飛行機にのりぬ
例の廻旋する飛行機にのりぬ

飛行機の夕空にめぐれば、
四圍の燈光また夕空にめぐりぬ

夕空は、紺青の色なりき
燈光は、貝釦の色なりき

その時よ、坊や見てありぬ
その時よ、めぐる釦を
その時よ、坊やみてありぬ
その時よ、紺青の空！

（一九三六・一二・二四）

未発表詩篇より

臨終

秋空は鈍色《にびいろ》にして
黒馬の瞳のひかり
　水涸れて落つる百合花
あゝ　こころうつろなるかな

神もなくしるべもなくて
窓近く婦《をみな》の逝きぬ
　白き空盲ひてありて
白き風冷たくありぬ

窓際に髪を洗へば
その腕の優しくありぬ
　朝の日は滯れてありぬ
　水の音したたりてゐぬ

町々はさやぎてありぬ
子等の聲もつれてありぬ
　しかはあれ　この魂はいかにとなるか？
　うすらぎて　空となるか？

『山羊の歌』より

死別の翌日

生きのこるものはづうづうしく、
死にゆくものはその清純さを漂はせ
物云ひたげな瞳を床《ゆか》にさまよはすだけで、
親を離れ、兄弟を離れ、
最初から獨りであつたもののやうに死んでゆく。

さて、今日はよいお天氣です。
街の片側は翳り、片側は日射しをうけて、あつたかい
けざやかにもわびしい秋の午前です。
空は昨日までの雨に拭はれて、すがすがしく、
それは海の方まで續いてゐることが分ります。

その空を仰《み》ながら、また街の中を瞰《み》ながら、
歩いてゆく私はもはや此の世のことを考へず、
さりとて死んでいつたもののことも考へてはゐないのです。
みたばかりの死に茫然として、
卑怯にも似た感情を抱いて私は歩いてゐたと告白せねばなりません。

未発表詩篇より

冬の日の記憶

晝、寒い風の中で雀を手にとつて愛してゐた子供が、
夜になつて、急に死んだ。

次の朝は霜が降つた。
その子の兄が電報打ちに行つた。
夜になつても、母親は泣いた。
父親は、遠洋航海してゐた。

雀はどうなつたか、誰も知らなかつた。
北風は往還を白くしてゐた。

つるべの音が偶々した時、
父親からの、返電が來た。

毎日々々霜が降つた。
遠洋航海からはまだ歸れまい。

その後母親がどうしてゐるか……
電報打つた兄は、今日學校で叱られた。

『在りし日の歌』より

また來ん春……

また來ん春と人は云ふ
しかし私は辛いのだ
春が來たつて何になろ
あの子が返つて來るぢやない

おもへば今年の五月には
おまへを抱いて動物園
象を見せても猫《にやあ》といひ
鳥を見せても猫《にやあ》だつた

最後にみせた鹿だけは
角によつぽど惹かれてか
何とも云はず　眺めてた

ほんにおまへもあの時は
此の世の光のたゞ中に
立つて眺めてゐたつけが……

『在りし日の歌』より

時こそ今は……

時こそ今は花は香爐に打薫じ
ボードレール

時こそ今は花は香爐に打薫じ、
そこはかとないけはひです。
しほだる花や水の音や、
家路をいそぐ人々や。

いかに泰子、いまこそは
しづかに一緒に、をりませう。
遠くの空を、飛ぶ鳥も
いたいけな情け、みちてます。

いかに泰子、いまこそは
暮るる籬《まがき》や群青《ぐんじょう》の
空もしづかに流るころ。

いかに泰子、いまこそは
おまへの髪毛《かみげ》なよぶころ
花は香爐に打薫じ、

『山羊の歌』より

みちこ

そなたの胸は海のやう
おほらかにこそうちあぐる。
はるかなる空、あをき浪、
涼しかぜさへ吹きそひて
松の梢をわたりつつ
磯白々とつづきけり。

またなが目にはかの空の
いやはてまでもうつしゐて
竝びくるなみ、渚なみ、
いとすみやかにうつろひぬ。
みるとしもなく、ま帆片帆
沖ゆく舟にみとれたる。

またその額《ぬか》のうつくしさ
ふと物音におどろきて
午睡の夢をさまされし
牡牛のごとも、あどけなく
かろやかにまたしとやかに
もたげられ、さてうち俯しぬ。

しどけなき、なれが頸《うなじ》は虹にして
ちからなき、嬰兒《みどりご》ごとき腕《かひな》して
絃《いと》うたあはせはやきふし、なれの踊れば、
海原はなみだぐましき金《きん》にして夕陽をたたへ
沖つ瀬は、いよとほく、かしこしづかにうるほへる
空になん、汝《な》の息絶ゆるとわれはながめぬ。

『山羊の歌』より

無題

I

こひ人よ、おまへがやさしくしてくれるのに、
私は強情だ。ゆふべもおまへと別れてのち、
酒をのみ、弱い人に毒づいた。今朝
目が覺めて、おまへのやさしさを思ひ出しながら
私は私のけがらはしさを歎いてゐる、そして
正體もなく、今茲に告白をする、恥もなく、
品位もなく、かといつて正直さもなく
私は私の幻想に驅られて、狂ひ廻る。
人の氣持をみようとするやうなことはつひになく、
こひ人よ、おまへがやさしくしてくれるのに

私は頑なで、子供のやうに我儘だつた！
目が覺めて、宿酔の厭ふべき頭の中で、
戸の外の、寒い朝らしい氣配を感じながら
私はおまへのやさしさを思ひ、また毒づいた人を思ひ出す。
そしてもう、私はなんのことだか分らなく悲しく、
今朝はもはや私がくだらない奴だと、自《み》※ら信ずる！

※初版本原文ママ

II

彼女の心は眞つ直い！
彼女は荒々しく育ち、
たよりもなく、心を汲んでも
もらへない、亂雜な中に
生きてきたが、彼女の心は
私のより眞つ直いそしてぐらつかない。

彼女は美しい。わいだめもない世の渦の中に
彼女は賢くつつましく生きてゐる。
あまりにわいだめもない世の渦のために、
折に心が弱り、弱々しく躁ぎはするが、
而もなほ、最後の品位をなくしはしない
彼女は美しい、そして賢い！

嘗て彼女の魂が、どんなにやさしい心をもとめてゐたかは！
しかしいまではもう諦めてしまつてさへゐる。
我利々々で、幼稚な、獣《けもの》や子供にしか、
彼女は出遇はなかつた。おまけに彼女はそれと識らずに、
唯、人といふ人が、みんなやくざなんだと思つてゐる。
そして少しはいぢけてゐる。彼女は可哀想だ！

III

かくは悲しく生きん世に、なが心
かたくなにしてあらしめな。
われはわが、したしさにはあらんとねがへば
なが心、かたくなにしてあらしめな。

かたくなにしてあるときは、心に眼《まなこ》
魂に、言葉のはたらきあとを絶つ
なごやかにしてあらんとき、人みなは生《あ》れしながらの
うまし夢、またそがことはり分ち得ん。

おのが心も魂も、忘れはて棄て去りて
悪酔の、狂ひ心地に美を索《もと》む
わが世のさまのかなしさや、

おのが心におのがじし湧きくるおもひもたずして、
人に勝《まさ》らん心のみいそがはしき
熱を病む風景ばかりかなしきはなし。

IIII

私はおまへのことを思つてゐるよ。
いとほしい、なごやかに澄んだ氣持の中に、
晝も夜も浸つてゐるよ、
まるで自分を罪人ででもあるやうに感じて。

私はおまへを愛してゐるよ、精一杯だよ。
いろんなことが考へられもするが、考へられても
それはどうにもならないことだしするから、
私は身を棄ててお前に盡さうと思ふよ。

またさうすることのほかには、私にはもはや
希望も目的も見出せないのだから
さうすることは、私に幸福なんだ。

幸福なんだ、世の煩ひのすべてを忘れて、
いかなることとも知らないで、私は
おまへに盡せるんだから幸福だ！

V 幸 福

幸福は廐の中にゐる
藁の上に。
幸福は
和める心には一擧にして分る。

頑なの心は、不幸でいらいらして、
せめてめまぐるしいものや
数々のものに心を紛らす。
そして益々不幸だ。

幸福は、休んでゐる
そして明らかになすべきことを
少しづつ持ち、
幸福は、理解に富んでゐる。

頑なの心は、理解に欠けて、
なすべきをしらず、ただ利に走り、
意氣消沈して、怒りやすく、
人に嫌はれて、自らも悲しい。

されば人よ、つねにまづ從はんとせよ。
從ひて、迎へられんとには非ず、
從ふことのみ學びとなるべく、學びて
汝が品格を高め、そが働きの裕かとならんため！

『山羊の歌』より

湖上

ポッカリ月が出ましたら、
舟を浮べて出掛けませう。
波はヒタヒタ打つでせう、
風も少しはあるでせう。

沖に出たらば暗いでせう、
櫂から滴垂《したゝ》る水の音は
昵懇《ちか》しいものに聞こえませう、
――あなたの言葉の杜切れ間を。

月は聴き耳立てるでせう、
すこしは降りても來るでせう、
われら接唇《くちづけ》する時に
月は頭上にあるでせう。

あなたはなほも、語るでせう、
よしないことや拗言《すねごと》や、
洩らさず私は聴くでせう、
——けれど漕ぐ手はやめないで。

ポッカリ月が出ましたら、
舟を浮べて出掛けませう、
波はヒタヒタ打つでせう、
風も少しはあるでせう。

『在りし日の歌』より

妹よ

夜、うつくしい魂は涕いて、
——かの女こそ正當《あたりき》なのに——
夜、うつくしい魂は涕いて、
もう死んだつていいよう……といふのであつた。

濕つた野原の黑い土、短い草の上を
夜風は吹いて、
死んだつていいよう、死んだつていいよう、と、
うつくしい魂は涕くのであつた。

夜、み空はたかく、吹く風はこまやかに

——祈るよりほか、わたくしに、すべはなかつた……

『山羊の歌』より

別離

さよなら、さよなら！
いろいろお世話になりました
いろいろお世話になりましたねえ
いろいろお世話になりました

さよなら、さよなら！
こんなに良いお天氣の日に
お別れしてゆくのかと思ふとほんとに辛い
こんなに良いお天氣の日に

さよなら、さよなら！
僕、午睡から覺めてみると
みなさん家を空《あ》けておいでだつた
あの時を妙に思ひ出します

さよなら、さよなら！
そして明日《あした》の今頃は
長の年月見馴れてる
故郷の土をば見てるるのです

さよなら、さよなら！
あなたはそんなにパラソルを振る
僕にはあんまり眩しいのです
あなたはそんなにパラソルを振る

さよなら、さよなら！
さよなら、さよなら！

（一九三四・一一・一三）

2

僕、午睡から覺めてみると、
みなさん、家を空けてをられた
あの時を、妙に、思ひ出します

日向ぼつこをしながらに、
爪摘んだ時のことも思ひ出します、
みんな、みんな、思ひ出します

芝庭のことも、思ひ出します
　薄い陽の、物音のない晝下り
あの日、栗を食べたことも、思ひ出します

干された飯櫃《おひつ》がよく乾き
裏山に、鳥が呑氣に啼いてゐた
あゝ、あのときのこと、あのときのこと……

　　僕はなんでも思ひ出します
　僕はなんでも思ひ出します
　　でも、わけても思ひ出すことは

わけても思ひ出すことは……
――いいえ、もうもう云へません
決して、それは、云はないでせう

3

忘れがたない、虹と花
　忘れがたない、虹と花
　虹と花、虹と花

どこにまぎれてゆくのやら
　どこにまぎれてゆくのやら
　（そんなこと、考へるの馬鹿）

その手、その脣《くち》、その唇《くちびる》の、
　いつかは、消えて、ゆくでせう
　（霙とおんなじことですよ）

あなたは下を、向いてゐる
　向いてゐる、向いてゐる
　　さも殊勝らしく向いてゐる

いいえ、かういつたからといつて
なにも、怒《おこ》つてゐるわけではないのです、
怒つてゐるわけではないのです

忘れがたない虹と花、
　虹と花、虹と花、
（霙とおんなじことですよ）

4

何か、僕に、食べさして下さい。
何か、僕に、食べさして下さい。
いいいいきんとんでもよい、何でもよい、
何か、僕に食べさして下さい！

いいえ、これは、僕の無理だ、
こんなに、野道を歩いてゐながら
野道に、食物《たべもの》、ありはしない。
ありません、ありはしません！

5

向ふに、水車が、見えてゐます、
　苔むした、小屋の傍、
ではもう、此處からお歸りなさい、お歸りなさい
　僕は一人で、行けます、行けます、
僕は、何を云つてるのでせう
　いいえ、僕とて文明人らしく
もつと、他《ほか》の話も、すれば出來た
　いいえ、やつぱり、出來ません出來ません

未発表詩篇より

昏睡

亡びてしまつたのは
僕の心であつたらうか
亡びてしまつたのは
僕の夢であつたらうか

記憶※といふものが
もうまるでない
往來を歩きながら
めまひがするやう

何ももう要求がないといふことは
もう生きてゐては悪いといふことのやうな氣もする
それかと云つて生きてゐたくはある
それかといつて却※に死にたくなんぞはない

あゝそれにしても、
諸君は何とか云つてたものだ
僕はボンヤリ思ひ出す
諸君は實に何かかか云つてゐたつけ

（一九三四・四・二二）
未発表詩篇より
※原文ママ

盲目の秋

Ⅰ

風が立ち、浪が騒ぎ、
　無限の前に腕を振る。
その間《かん》、小さな紅《くれなゐ》の花が見えはするが、
　それもやがては潰れてしまふ。
風が立ち、浪が騒ぎ、
　無限のまへに腕を振る。

もう永遠に歸らないことを思つて
　酷白な嘆息するのも幾たびであらう……

私の青春はもはや堅い血管となり、
　その中を曼珠沙華《ひがんばな》と夕陽とがゆきすぎる。

それはしづかで、きらびやかで、なみなみと湛え、
　去りゆく女が最後にくれる笑《ゑま》ひのやうに、

嚴《おごそ》かで、ゆたかで、それでゐて佗しく
　異様で、溫かで、きらめいて胸に殘る……

　　あゝ、胸に殘る……

風が立ち、浪が騒ぎ、
　無限のまへに腕を振る。

II

これがどうならうと、あれがどうならうと、
そんなことはどうでもいいのだ。
これがどういふことであらうと、それがどういふことであらうと、
そんなことはなほさらどうだつていいのだ。

人には自恃があればよい！
その餘はすべてなるまゝだ……

自恃だ、自恃だ、自恃だ、自恃だ、
ただそれだけが人の行ひを罪としない。

平氣で、陽氣で、藁束のやうにしむみりと、
朝霧を煮釜に塡めて、跳起きられればよい！

III

私の聖母《サンタ・マリヤ》！
　とにかく私は血を吐いた！……
おまへが情けをうけてくれないので、
　とにかく私はまゐつてしまつた……

それといふのも私が素直でなかつたからでもあるが、
それといふのも私に意氣地がなかつたからでもあるが、
私がおまへを愛することがごく自然だつたので、
おまへもわたしを愛してゐたのだが……

おゝ！　私の聖母《サンタ・マリヤ》！
いまさらどうしようもないことではあるが、
せめてこれだけ知るがいい――

ごく自然に、だが自然に愛せるといふことは、
そんなにたびたびあることでなく、
そしてこのことを知ることが、さう誰にでも許されてはゐないのだ。

IIII

せめて死の時には、
あの女が私の上に胸を披いてくれるでせうか。
　その時は白粧をつけてゐてはいや、
　その時は白粧をつけてゐてはいや。

ただ静かにその胸を披いて、
私の眼に副射してゐて下さい。
　何にも考へてくれてはいや、
たとへ私のために考へてくれるのでもいや。

ただはらからにはらからに涙を含み、
あたたかく息づいてゐて下さい。
——もしも涙がながれてきたら、

いきなり私の上にうつ俯して、
それで私を殺してしまつてもいい。
すれば私は心地よく、うねうねの瞑土《よみぢ》の徑を昇りゆく。

『山羊の歌』より

第四章

一つのメルヘン

心象風景を紡ぐ

一つのメルヘン

秋の夜は、はるかの彼方に、
小石ばかりの、河原があつて、
それに陽は、さらさらと
さらさらと射してゐるのでありました。

陽といつても、まるで硅石か何かのやうで、
非常な個體の粉末のやうで、
さればこそ、さらさらと
かすかな音を立ててもゐるのでした。

さて小石の上に、今しも一つの蝶がとまり、
淡い、それでゐてくつきりとした
影を落としてゐるのでした。

やがてその蝶がみえなくなると、いつのまにか、
今迄流れてもゐなかつた川床に、水は
さらさらと、さらさらと流れてゐるのでありました……

『在りし日の歌』より

宿酔

朝、鈍い日が照つてて
　風がある。
千の天使が
　バスケットボールする。

私は目をつむる、
　かなしい酔ひだ。
もう不用になつたストーヴが
　白つぽく銹びてゐる。

朝、鈍い日が照つてて
　風がある。
千の天使が
　バスケツトボールする。

『山羊の歌』より

北の海

海にゐるのは、
あれは人魚ではないのです。
海にゐるのは、
あれは、浪ばかり。

曇つた北海の空の下、
浪はところどころ歯をむいて、
空を呪つてゐるのです。
いつはてるとも知れない呪。

海にゐるのは、
あれは人魚ではないのです。
海にゐるのは、
あれは、浪ばかり。

『在りし日の歌』より

正午

丸ビル風景

あゝ十二時のサイレンだ、サイレンだサイレンだ
ぞろぞろぞろぞろ出てくるわ、出てくるわ出てくるわ
月給取の午休み、ぷらりぷらりと手を振つて
あとからあとから出てくるわ、出てくるわ出てくるわ
大きなビルの眞ッ黒い、小ッちやな小ッちやな出入口
空はひろびろ薄曇り、薄曇り、埃りも少々立つてゐる
ひよんな眼付で見上げても、眼を落としても……

なんのおのれが櫻かな、櫻かな櫻かな
あゝ十二時のサイレンだ、サイレンだサイレンだ
ぞろぞろぞろぞろ、出てくるわ、出てくるわ出てくるわ
大きいビルの眞ッ黒い、小ッちやな小ッちやな出入口
空吹く風にサイレンは、響き響きて消えてゆくかな

『在りし日の歌』より

春の日の夕暮

トタンがセンベイ食べて
春の日の夕暮は穏かです
アンダースローされた灰が蒼ざめて
春の日の夕暮は静かです

吁！　案山子はないか――あるまい
馬嘶《いなな》くか――嘶きもしまい
ただただ月の光のヌメランとするまゝに
従順なのは　春の日の夕暮か

ポトホトと野の中に伽藍は紅く
荷馬車の車輪　油を失ひ
私が歴史的現在に物を云へば
嘲る嘲る　空と山とが

瓦が一枚　はぐれました
これから春の日の夕暮は
無言ながら　前進します
自《み※》らの　静脈管の中へです

『山羊の歌』より

※初版本原文ママ

幻影

私の頭の中には、いつの頃からか、
薄命さうなピエロがひとり棲んでゐて、
それは、紗の服かなんかを着込んで、
そして、月光を浴びてゐるのでした。

ともすると、弱々しげな手付をして、
しきりと　手眞似をするのでしたが、
その意味が、つひぞ通じたためしはなく、
あはれげな　思ひをさせるばつかりでした。

手眞似につれては、唇《くち》も動かしてゐるのでしたが、
古い影繪でも見てゐるやう――
音はちつともしないのですし、
何を云つてるのかは　分りませんでした。

しろじろと身に月光を浴び、
あやしくもあかるい霧の中で、
かすかな姿態をゆるやかに動かしながら、
眼付ばかりはどこまでも、やさしさうなのでした。

『在りし日の歌』より

春と赤ン坊

菜の花畑で眠つてゐるのは……
菜の花畑で吹かれてゐるのは……
赤ン坊ではないでせうか？

いいえ、空で鳴るのは、電線です電線です
ひねもす、空で鳴るのは、あれは電線です
菜の花畑に眠つてゐるのは、赤ン坊ですけど

走つてゆくのは、自轉車々々々
向ふの道を、走つてゆくのは
薄桃色の、風を切つて……

薄桃色の、風を切つて
走つてゆくのは菜の花畑や空の白雲《しろくも》
——赤ン坊を畑に置いて

『在りし日の歌』より

夏の日の歌

青い空は動かない、
雲片《ぎれ》一つあるでない。
　夏の眞晝の静かには
タールの光も清くなる。

夏の空には何かがある、
いぢらしく思はせる何かがある、
　焦げて圖太い向日葵《ひまはり》が
田舎の驛には咲いてゐる。

上手に子供を育てゆく、
母親に似て汽車の汽笛は鳴る。
　山の近くを走る時。

山の近くを走りながら、
母親に似て汽車の汽笛は鳴る。
　夏の眞晝の暑い時。

『山羊の歌』より

心象 I

松の木に風が吹き、
踏む砂利の音は寂しかつた。
暖い風が私の額を洗ひ
思ひははるかに、なつかしかつた。

腰をおろすと、
浪の音がひときは聞えた。
星はなく
空は暗い綿だつた。

とほりかかつた小舟の中で
船頭がその女房に向つて何かを云つた。
――その言葉は、聞きとれなかつた。

浪の音がひときはきこえた。

II

亡びたる過去のすべてに
涙湧く。
城の塀乾きたり
風の吹く

草靡く
丘を越え、野を渉り
憩ひなき
白き天使のみえ來ずや

あはれわれ死なんと欲す、
あはれわれ生きむと欲す
あはれわれ、亡びたる過去のすべてに

涙湧く。
み空の方より、
風の吹く

『山羊の歌』より

桑名の驛

桑名の夜は暗かつた
蛙がコロコロ鳴いてゐた
夜更の驛には驛長が
綺麗な砂利を敷き詰めた
プラットホームに只獨り
ランプを持つて立つてゐた

桑名の夜は暗かつた
蛙がコロコロ泣いてゐた
焼蛤貝の桑名とは
此處のことかと思つたから
驛長さんに訊ねたら
さうだと云つて笑つてた

桑名の夜は暗かつた
蛙がコロコロ鳴いてゐた
大雨《おほあめ》の、霽《あが》つたばかりのその夜《よる》は
風もなければ暗かつた

（一九三五・八・一二）

「此の夜、上京の途なりしが、京都大阪間の不通のため、臨時關西線を運轉す」

未発表詩篇より

村の時計

村の大きな時計は、
ひねもす動いてゐた

その字板のペンキは
もう艶が消えてゐた

近寄つてみると、
小さなひびが澤山にあるのだつた

それで夕陽が當つてさへが、
おとなしい色をしてゐた

時を打つ前には、
ぜいぜいと鳴つた

字板が鳴るのか中の機械が鳴るのか
僕にも誰にも分らなかつた

『在りし日の歌』より

冬の長門峡

長門峡に、水は流れてありにけり。
寒い寒い日なりき。

われは料亭にありぬ。
酒酌みてありぬ。

われのほか別に、
客とてもなかりけり。

水は、恰も魂あるものの如く、
流れ流れてありにけり。
やがても密柑の如き夕陽、
欄干にこぼれたり。

あゝ！　――そのやうな時もありき、
寒い寒い　日なりき。

『在りし日の歌』より

言葉なき歌

あれはとほいい處にあるのだけれど
おれは此處で待つてゐなくてはならない
此處は空氣もかすかで蒼く
葱の根のやうに仄かに淡《あは》い

決して急いではならない
此處で十分待つてゐなければならない
處女《むすめ》の眼《め》のやうに遙かを見遣つてはならない
たしかに此處で待つてゐればよい

それにしてもあれはとほいい彼方で夕陽にけぶつてゐた
號笛《フイトル》の音《ね》のやうに太くて繊弱だつた
けれどもその方へ驅け出してはならない
たしかに此處で待つてゐなければならない

さうすればそのうち喘ぎも平靜に復し
たしかにあすこまでゆけるに違ひない
しかしあれは煙突の煙のやうに
とほくとほく　いつまでも茜の空にたなびいてゐた

『在りし日の歌』より

除夜の鐘

除夜の鐘は暗い遠いい空で鳴る。
千萬年も、古びた夜《よる》の空氣を顫はし、
除夜の鐘は暗い遠いい空で鳴る。

それは寺院の森の霧つた空……
そのあたりで鳴つて、そしてそこから響いて來る。
それは寺院の森の霧つた空……

その時子供は父母の膝下で蕎麥を食うべ、
その時銀座はいつぱいの人出、淺草もいつぱいの人出、
その時子供は父母の膝下で蕎麥を食うべ。

その時銀座はいつぱいの人出、淺草もいつぱいの人出。
その時囚人は、どんな心持だらう、どんな心持だらう、
その時銀座はいつぱいの人出、淺草もいつぱいの人出。

除夜の鐘は暗い遠いい空で鳴る。
千萬年も、古びた夜《よる》の空氣を顫はし、
除夜の鐘は暗い遠いい空で鳴る。

『在りし日の歌』より

四行詩

おまへはもう静かな部屋に歸るがよい。
煥發する都會の夜々の燈火を後《あと》に、
おまへはもう、郊外の道を辿《たど》るがよい。
そして心の呟きを、ゆつくりと聽くがよい。

生前最後の詩。未発表詩篇より

底本

『山羊の歌』（文圃堂、一九三四年／日本近代文学館所蔵）
『在りし日の歌』（創元社、一九三八年／日本近代文学館所蔵）
『新編　中原中也全集第一巻　詩Ⅰ　本文篇』（角川書店、二〇〇〇年）
『新編　中原中也全集第二巻　詩Ⅱ　本文篇』（角川書店、二〇〇一年）

参考文献

『新編　中原中也全集第一巻　詩Ⅰ　解題篇』（角川書店、二〇〇〇年）
『新編　中原中也全集第二巻　詩Ⅱ　解題篇』（角川書店、二〇〇一年）
『中原中也全集１』（角川書店、一九六七年）
『中原中也全集２』（角川書店、一九六七年）

※本書は、『山羊の歌』『在りし日の歌』および『中原中也全集』に収録されている生前発表詩編、未発表詩篇の中から人気のある詩を抜粋し、独自に編集したものです。

※本書の一部には、今日的には差別的もしくは不適切と考えられる表現が含まれていますが、作品自体の文学的価値を尊重し、原文のまま掲載しております。

※本書では、原文を忠実に再現することを優先したため、同じ文字でも表記が統一されていないものがあります。誤植と思われるものもあえてそのまま掲載しました。ご了承ください。

あとがき

日本の代表的詩人である中原中也ですが、生前に発表した詩集は『山羊の歌』一冊だけです。印刷費は自費、限定二〇〇部の発行でした。二冊目の詩集『在りし日の歌』の原稿は、亡くなる一カ月前に小林秀雄に託され、その翌年刊行されました。その後、未発表詩篇などが全集にまとめられています。

『ホラホラ、これが僕の骨』は、すべての中也の詩の中から人気の高い詩を集めた、音楽で言えばベストアルバムのような詩集です。

第一章には自分を見つめて歌った詩、第二章にはリズムに特徴のある詩、第三章には愛する者を歌った詩、第四章には風景や心象風景を描いた詩を集めてみました。章ごとに中也の違った魅力が感じられるのではないかと思います。

中也は一つ一つの言葉にこだわり、悩みながら詩を紡ぎ出しています。中也の詩を視覚的にも味わえるよう、この詩集では、あえて『山羊の歌』『在りし日の歌』原本の表記をできるだけ忠実に再現しました。未刊詩篇に関しては、詩そのものは、研究の進んだ『新編中原中也全集』(二〇〇〇年~発行・角川書店)を底本にしましたが、漢字は初期の『中原中也全集』(一九六七年発行・角川書店)を参考に、旧字体に改めました。

デザイン、製本では紙の本ならではの「モノ」としての良さを目指しました。装幀は、デザイナーの佐藤好彦氏にお願いしました。佐藤氏には、本の構成や本文の表記まで一緒に知恵を絞っていただきました。表紙カバーの美しい写真（茜屋渉氏撮影）は、鎌倉の海だそうです。中也は亡くなるまでの八か月間を鎌倉で過ごしました。不思議な偶然に「靈魂はあとに殘つて、また骨の處にやつて來て、見てゐるのかしら？」と驚きました（もっとも、中也のお墓は鎌倉にはありませんが）。

本の断面がユニークなのは、製本の専門家、篠原慶丞氏の提案によるものです。製本会社が紙を削るときの「ファイバーラッファー」という技術を本の切り口に施してもらったら、新鮮で触り心地のよい本に仕上がりました。

一方、いまの時代ならではのインターネットのよさも生かそうと、この本の専用サイトも立ち上げました。サイトに掲載する詩は、現代仮名遣いに直し、漢字も新字体に変更してあります。読み方を迷わないよう、ルビもふんだんに振りました。中也研究で知られる青木健先生の解説も付けてあります。さらに、すべての詩を元山口放送アナウンサー、池内博子さんの朗読で聴くことができます。読者の感想も書きこめるようにしてありますので、読者同士の交流にも活用していただければと思います。

見て、読んで、触って、聴いて、交流して……。この本及び専用サイトがさまざまな形で中也に触れるきっかけになれば幸いです。

ロゼッタストーン代表　弘中百合子

※「ファイバーラッファー」は初版本のみで、第2版からは採用しておりません。

カバー写真：茜屋渉（撮影地：鎌倉）
表紙絵："Old woman, from the Dance of Death" Hans Holbein the Younger, The Metropolitan Museum of Art

「ホラホラ、これが僕の骨」公式サイト

www.rosetta.jp/chuya

読み方の確認ができます

本書籍『ホラホラ、これが僕の骨』は、原文に忠実な表記をめざしたため、歴史的仮名遣いで漢字も旧字体になっています。公式サイトでは、詩を現代仮名遣いに変え、漢字も新字体を採用しています。ルビもたっぷり振ってありますので、読み方の確認はこちらでどうぞ。

詩の解説が読めます

それぞれの詩に、中也研究で知られる青木健先生の解説がついています。詩が生まれた時期や背景などを知ることで、イメージがより膨らみます。

詩の朗読が聴けます

すべての詩を元山口放送アナウンサー、池内博子さんの朗読で聴くことができます。リズム感のある中也の詩は、耳で聞くと、また違った味わいがあります。

他の人の感想が読めます

それぞれの詩に読者の感想が書きこめるようにしました。どうぞ気軽に書きこんでみてください。たくさんの感想が並び、同じ詩を読んで他の人がどんなふうに感じるのかを知ることができれば、新たな発見があるかもしれません。

中原中也ベスト詩集
ホラホラ、これが僕の骨

2017年9月7日　初版第1刷発行
2023年5月12日　第2版第2刷発行

著　者　中原中也
編　集　ロゼッタストーン編集部
発行者　弘中百合子
発　行　ロゼッタストーン
山口県周南市八代828-7（〒745-0501）
電話　0833-57-5254　FAX　0833-57-4791
E-mail　staff@rosetta.jp
URL　http://www.rosetta.jp
印刷所　日精ピーアール

万一落丁、乱丁があれば、当方送料負担でお取り替えいたします。
小社までお送りください。

ISBN978-4-947767-15-8　C0092

printed in Japan